까마중이 머루 알처럼
까맣게 익어 갈 때

파란시선 0017 까마중이 머루 알처럼 까맣게 익어 갈 때

1판 1쇄 펴낸날 2018년 1월 2일
지은이 성선경
디자인 최선영
인쇄인 (주)두경 정지오
펴낸이 채상우
펴낸곳 (주)함께하는출판그룹파란
등록번호 제2015-000068호
등록일자 2015년 9월 15일
주소 (07552) 서울특별시 강서구 공항대로 59길 80-12(등촌동), K&C빌딩 3층
전화 02-3665-8689
팩스 02-3665-8690
모바일팩스 0504-441-3439
이메일 bookparan2015@hanmail.net

ⓒ성선경, 2018, printed in Seoul, Korea

ISBN 979-11-87756-13-2 04810
      979-11-956331-0-4 04810 (세트)

값 10,000원

•이 책 내용의 전부 또는 일부를 재사용하려면 반드시 저작권자와 (주)함께하는출판
 그룹파란 양측의 동의를 받아야 합니다.
•잘못된 책은 바꾸어 드립니다.
•지은이와의 협의 하에 인지는 생략합니다.

•이 책의 국립중앙도서관 출판예정도서목록(CIP)은 서지정보유통지원시스템 홈페이지
 (http://seoji.nl.go.kr)와 국가자료공동목록시스템(http://www.nl.go.kr/kolisnet)
 에서 이용하실 수 있습니다.(CIP 제어번호: CIP2017031607)

까마중이 머루 알처럼
까맣게 익어 갈 때

성선경 시집

봄이 왔다고
저 꽃잎에 집적대는 벌 나비
나는 못 본 척하리라
꽃이 피는 소리
꽃이 지는 소리
나는 못 들은 척하리라
천둥같이
저기 산이 무너지는 소리
강이 넘치는 소리
나는 정말 못 들은 척하리라
가슴에 저 혼자 외로운
낙타 한 마리를 키우리라

차례

시인의 말

제2부 쌍점, 혹은 쌍화점

제1부 복숭아뼈에서 아담의 사과까지

낙타 키우는 사람

자신의 조상은 나무에서 왔다고 믿는 사람

수생목(水生木) 그래서 물을 찾는 사람

목생화(木生火) 사막은 나무의 시체, 불기운이다

불기운의 사막을 건너는 데는 낙타가 제격

좌심방 우심실

사막이 늘수록 낙타의 수도 늘어난다

대체로 가슴이 사막인 사람은 늘 낙타를 키운다

제 속에 낙타를 키운다.

등을 돌린 석류꽃에 말을 걸며

잠시 쉬어 가도 될까요
사랑은 양떼구름같이 쉽게 흩어지지요
무릎이 아픈 것처럼 잠시 앉았다 가도 될까요
당신은 너무 붉고 칠월은 금세 지나가요
당신은 언제나 높은 담장
꽃은 피지만 사랑은 오래가지 않아요
잠시 쉬었다 가도 될까요
사랑은 언제나 무릎 아래서 피지만
당신은 언제나 너무 높은 담장
하늘을 쳐다보고 말을 걸지만
구름은 시시각각 변해서
사랑은 양떼구름같이 자주 흩어지지요
잠시 쉬어 가도 될까요
아주 잠시,
지나가는 과객처럼
칠월은 금세 지나가니까
칠월은 아주 쉽게 잊혀지니까.

구상나무 아래서의 한나절

너는 가고 나만 남았다
담배는 한 시간에 한 개비씩만
구상나무 키는 그림자처럼 자주 바뀌지 않았다
너는 가고 나만 남아서
그렁그렁 눈물이 달리도록
봉선화 꽃물을 들이는 오후
기다림도 아니고 그리움도 아닌
늦게 핀 능소화만 붉다
너는 가고 나만 남아서
담배는 한 시간에 한 개비씩만
이런 시간도 밥값이 되려나
한 살 더 먹은 나잇값이 되려나,
생각 중인 구상나무 그늘 아래서
너는 가고 나만 남아서
기다림도 아니고 그리움도 아닌
담배만 한 시간에 한 개비씩
그렁그렁 눈물처럼 달리는 오후
구상나무 아래서는 그림자만 자꾸 자라
기다림도 아니고 그리움도 아닌
봉선화꽃 그렁그렁 달리는 오후.

노루 꼬리는 왜 짧아서 해는 빨리 질까

포도가 열리지 않는 포도나무 한 그루 심어 놓고
포도가 열리기를 기다리며 물을 주네
아침이면 잎사귀를 들여다보고
저녁이면 그늘 아래서 차를 마시네
포도가 열리지 않는 불임의 포도나무
나는 무엇을 기다리고 또 무엇을 기다리지 않는가?
하루해는 짧아서 아침을 먹자마자 점심상이 차려지고
차 한 잔에 벌써 별이 돋네
포도가 열리지 않는 포도나무 아래서
허무로 허무를 키우며
나는 차를 마시고 시를 쓰네
포도가 열리지 않는 포도나무 한 그루
나는 무엇을 기대하고 무엇을 기대하지 않았을까
아이들은 자라서 집을 떠나고
해는 노루 꼬리보다 짧아서 쉬, 별이 돋는데
포도가 열리지 않는 포도나무 한 그루 심어 놓고
저녁이 가고 또 아침이 오면
나는 또 무엇을 기다리나
물을 주고 또 물을 주면서
또 시를 쓰면서 포도가 열리지 않는

포도나무 아래서
포도나무 아래서.

남천이 빨갛게 빛나는 어느 초겨울

내가 얼마나 머뭇거리다 갔는지 그는 알까요?
위 두어령셩 두어령셩 아롱디리

내가 얼마나 느릿느릿 한참을 뒤돌아보다 갔는지 그는
알까요?
위 두어령셩 두어령셩 아롱디리

내가 땅바닥만 보고 걸으면서도 마음의 고개는 몇 번이
나 돌아보다 갔는지 그는 알까요?
위 두어령셩 두어령셩 아롱디리

우리 사랑이 초겨울 같아도 내 마음 얼마나 붉어졌는지
그는 알까요?
위 두어령셩 두어령셩 아롱디리
위 두어령셩 두어령셩 아롱디리

다로러 디리러 디리러
소리쳐 부르던 담장 너머 저 사람아.
내가 얼마나 머뭇거리다 갔는지 그는 알까요?

능소화에게 이 여름은 무엇이었을까?

너는 가고 없는데

네 발자국은 여전히 남아서

대낮에도 힐끔거리고

개는 마중이라도 할 듯 짖는다

아직도 은행 창구에서는 도장이 필요하고

여름은 도장밥처럼 벌겋다

너는 진작 가고 없는데

네 발자국만 남아서

여름은 쉽게 끝날 것 같지도 않고

대낮에도 개가 짖는다

너는 가고 없는데

담벼락은 결재가 끝난 서류처럼

도장밥으로 벌겋고

네 발자국도 따라서 벌겋고

너는 가고 없는데 여름은 쉬 끝날 것 같지 않고

너는 진작 가고 없는데

미칠 것 같은 저 능소화

잡지 마라 잡지 마라 달아나는

저 발자국.

까마중이 머루 알처럼 까맣게 익어 갈 때

당신은 벌써 가고 나의 칠월도 끝이 났습니다
까마중 까마중 하고 입속에서 우물거리면
왠지 까만 동자승이 생각나
꼬마중 꼬마중 하게 되지만
당신이 떠나간 길의 뒷덜미를 오래도록
쳐다보지요, 그 길섶을 깊이
들여다보지요, 고개를 숙이고
풀숲에 두루마기가 차름한 방아깨비나
찾아보지요, 당신은 벌써 떠나고
나의 칠월은 이미 끝났는데
까마중이 머루 알처럼 까맣게 익어 갈 때
왠지 나도 동자승같이 외로워져서
까마중 까마중 입속으로 우물거리면
왠지 까만 동자승이 생각나
꼬마중 꼬마중 하게 되지만
당신은 벌써 가고 나의 칠월도 끝이 났습니다
당신이 떠나간 길섶 뒷덜미의 깊이만큼
까마중이 머루 알처럼 그렇게 익어 갈 때.

영산홍 여윈 어깨를 감싸 안으며

나는 아직 간다 말하지 못했네
이제 그만 가야겠다 말하지 못했네
투명한 손가락을 무심히 바라보며
영산홍, 영산홍 되뇌어 보면
내 전생의 연인 같아서
나는 아직 간다 말하지 못했네
내 오른 어깨에 기대인 네 머리를
가만히 감싸 안으며 나는
이제 그만 가야겠다 말하지 못했네
영산홍, 영산홍 가만히 불러 보면
눈썹 내리깔고 조심히도 술잔을 채우던
그대 생각나 나 아직 간다 못 했네
영산홍, 영산홍 가만히 들여다보면
네 눈 속에 붉은 산 빛이 어리어
나는 아직 술잔을 마저 비우지 못했네
나는 그만 간다 말하지 못했네
영산홍, 영산홍같이
저렇게도 일찍 별이 돋는데.

마음의 추녀 끝에 풍경 하나 내어 걸고

생각보다 이른 하강(下降)에
이제 내어다 팔 자존심은 종교 하나 밖에 없는데
지나가는 바람이 슬쩍 풍경을 때리고 간다

소소하니 문밖에다 당호를 하나 걸어 둘까?

어디 마음에 든 글귀가 있다면
주련이라도 하나 새길 텐데

허허로운 화단에는 사랑초만 자꾸 번지고
옆 화분엔 붉은 입술의 꽃 한 포기
햇살에 빤히 눈이 찔려

화단의 구상나무는 키가 자꾸 줄어든다

생각보다 이른
하강에 가슴이 늘 뎅뎅하니
꽃도 풍경 소리로 운다.

만데빌라는 숯불같이 타오르고

나는 지금 숯가마에 들었습니다
엄청 덥고요, 당신을 잊지 않겠다는 생각
지금은 많이 지워졌습니다
당신의 눈동자같이 숯불은 이글거리고
돌아서던 당신의 눈동자같이 이글거리고
만데빌라는 칠월 태양 아래 가장 붉습니다
나는 지금 숯가마에 들었습니다
당신이라는 가마는 무척 뜨겁고요
화단의 만데빌라는 당신을 잊지 말라
붉어서 숯불같이 이글거리고
나는 잠시 숨을 멈췄다 다시 숯불 속으로
엄청 더운 숯불 속으로 당신을
잊지 않겠다는 더운 숯불 속으로 들어가
당신을 잊는 일에 골몰합니다
나는 지금 숯가마에 들었고요
화단의 만데빌라는 숯불같이 이글거립니다
지워지지 않는 지워지지 않는 눈동자
나는 지금 당신이라는 숯가마에 들었습니다
잊지 않겠다는 생각을 잊으며
만데빌라같이 타오릅니다.

모든 대추나무는 벼락을 맞고

내 도장은 벼락 맞은 대추나무로 만든 것
이것을 나는 무슨 벽사의 부적처럼 여기고
주머니 안에 넣어 다니며 몰래
남몰래 주머니에 손을 넣어 만지작거리고
무슨 못 들을 말을 듣거나
못 볼 일을 보게 되면 만지작거리고
벽사의 주문처럼 웅얼거리고
이 대추나무 뼈다귀를 움켜쥐게 된다
알고 보면 모든 대추나무는 벼락을 맞고
이 벼락 맞은 대추나무 뼈다귀들이
축제의 난전에서 도장으로 환생하지만
그래도 참 이딴 것에 하고 우스워도 하지만
이는 정말 잘 모르고 하는 일
벼락에 맞는 일은 환골하는 일
벼락을 맞는 일은 탈태하는 일
한 생애를 뛰어넘는 일이다. 나도
언젠가 벼락을 맞아 봐서 안다. 그래서
벼락 맞는 일이 얼마나 큰일인지 안다
내 도장은 벼락 맞은 대추나무로 만든 것.

비포리 날개포구

한 백 년쯤 전에 이 바닷가에 와서
자신을 고즈넉이 유폐시키고
초당 앞에다 매화 한 그루 도화 한 그루
나란히 세워 둔 은자를 만나러 갑니다
산모롱이를 돌아 바다를 향해
온 세상을 등진 듯 고요한 백 년 전의
은자를 만나러 갑니다, 나도 이 바닷가
한 백 년쯤 유폐시키면 어떨까요?
비포리 비포리 유폐시키면 어떨까요?
매화꽃 피면 매화와 나란히
복사꽃 피면 복사꽃과 나란히
한 생각 접고 나란히 나란히
밀물과 썰물이 고요한 비포리
나를 유폐시켰으면 하고 갑니다
한 백 년쯤 전에 이곳에 와서 자신을
고즈넉이 유폐시킨 은자를 만나러 갑니다
밀물과 썰물의 매화 그늘 아래
밀물과 썰물의 도화 그늘 아래
한 백 년쯤 나를 유폐시켰으면 하고 갑니다.

대숲에 와서 새소리를 듣는다

대나무는 날지 못하는 새의 뼈
이미 뼛속을 다 비웠으니 곧 날아가리라
기대하고 들으니 새소리가 들린다
대숲에 와서도 날지 못하는 새
닭백숙을 먹으며 대나무 닮은 뼈다귀를
피리처럼 분다. 닭의 뼈들이 대나무처럼
운다. 피리처럼 새처럼 운다
대나무는 날지 못하는 새들의 영혼
대숲은 날지 못하는 새 떼들의 망명지
나라 없는 영혼처럼 대나무가 운다
이미 뼛속을 다 비웠으니 곧 날아가리라
지난여름에도 기대하였으나
올해도 대숲에 와서 다시 새소리를 듣는다
날지 못하는 새,
망명지의 영혼,
피리처럼,
슬픈 피리 소리처럼,
이미 뼛속을 다 비웠으나 날아가지 못한
새소리를 듣는다. 대숲에 와서.

외삼학나루에서

공무도하 공무도하
그대는 떠나고 나만 남은 강가
돌아보지 말아요 강물은 되돌아오지 않아요
삼학 삼학 당신이 웅얼거리면
사막 사막 이렇게도 들리지만
저녁이면 강나루도 노을이 들어요
그대 떠나고 나만 남은 강가
돌아보지 말아요 노을이 들면 그뿐
되돌아오지 않는 강물도 노을이 들면 그뿐
사공사공 불러도 내 귀엔 강물 소리 적막적막
외삼학 외삼학 당신이 웅얼거리면
왜 사막 왜 사막 내 귀에는 그렇게만 들리지만
공무도하 공무도하
그대는 떠나고 나는 서편 창가에 앉았어요
그대 떠나고 나만 남은 강가
강물은 결코 되돌아오지 않아요
학은 이미 떠나고 이름만 남은 나루처럼.

하늘매발톱은 미나리아재비

내가 방금 생각한 건 잘 잊는다는 것
십 년 전의 일들은 아주 잘 기억이 나
십 년 전의 십 년 전도 아주 잘 기억해
그러나 내가 방금 하려던 말
금방 잊는다는 것
아무리 생각해도 기억나지 않는다는 것
한발이 심한 요즘 날씨처럼
그냥 무덥다는 것
무더워도 그냥 견딘다는 것
우리가 아는 하늘색은 하늘색이 아니야
그냥 파래서 종종 잊는 것이지
방금도 한 생각 잊어 먹었어
내가 잘하는 건 잘 잊는다는 것
방금 생각한 건 잘 잊는다는 것
십 년 전의 십 년 전도 기억하지만
그러나 방금 내가 하려던 말
금방 잊는다는 것
아무리 생각해도 기억나지 않는다는 것
그냥 파랗게 잊는다는 것.

호박 넝쿨이 뱀처럼 담장을 넘는 칠월

내 화단은 어디 갔나

호박 넝쿨이 뱀처럼 기어가

사랑초를 잡아먹고

달맞이꽃을 잡아먹고

향나무 어깨를 타고 넘어

남천의 목덜미를 덥석 물 때

내 화단은 어디 갔나?

사랑도 땀띠에 질리는 칠월

뱀의 혓바닥은 두 갈래로 찢어져 더 징그러운

저 호박 넝쿨 저 호박 넝쿨

우리의 어린 잭의 완두콩처럼

타고 오르면 칠월은 이미 다른 세계

내 화단은 어디 갔나?

꽃이 좋아 마음의 눈길이 초침처럼 분주하던

호박꽃 너머 내 화단은 어디 갔나?

사랑초를 잡아먹고

장미꽃을 잡아먹고

호박 넝쿨이 뱀처럼 담장을 넘는 칠월

사랑도 땀띠에 질리는 칠월

호박꽃 너머 내 화단은 어디로 갔나?

복숭아뼈에서 아담의 사과까지

순천만
갈대밭을 둘러보았다
흔들리면서도 갯벌을 움켜쥐고 있는 저 뿌리
그래서 어쩔 것이냐?
친구여 잔을 받아라, 술잔이 돌고
그래 나도 이젠 한 고비는 넘겼다고
자식 자랑이 안주 접시에 넘쳐도
여기는 순천만
오만 평이나 되는 내 인생의 고독
그래서 어쩔 것이냐?
아무리 웃음이 왁자하던 술판이 끝나도
홀로 방에 들면 다 타관인
저 여인숙처럼
흔들리고 흔들리는 갈대처럼
복숭아뼈에서 아담의 사과까지
날아오르는 철새
오만 평이나 되는 고독.

오이냉국

세상 모두가 적막에 잠길 때 매미가 울 듯
그리운 여름은 네게서 온다
둥둥 뜨는 얼음 조각과 식초 한 방울
그 풋내의 여름은 네게서 온다
호박잎같이 땀에 전 속옷을 벗어젖히고
막된장 멸치젓갈 상추쌈 식은 밥
이미 젖은 것은 다 벗어젖히고
그리운 여름은 네게서 온다
저 여름의 막막한 목구멍을 단숨에
단숨에 뚫어 버리며
여기가 그리운 계곡의 그 어디쯤
싱그러운 솔숲의 그 어디쯤이라고
풋내의 여름이 네게서 온다
한 줌의 솔바람
한 대야의 계곡물
한 잔의 폭포 소리
한 대접의 바다 향으로 너는 온다
세상 모두가 적막에 잠길 때
그리운 여름은 네게서 온다.

내가 하품을 하며 기지개를 켤 때

지금껏
한 뼘씩 키워 온 내 근심을 적시며
갓 태어난 것들이
신입생같이 재잘재잘거린다
내가 하품을 하며 기지개를 켤 때
뚝뚝 낙숫물 지는 소리
여기저기 주춧돌을 놓는데
봐라! 저 재잘대는 봄비에
이제는 제법 집 한 채 앉힐 만하다
두어 칸이면 족할 텐데도
내 마음 근심의 영역을 한 뼘씩 한 뼘씩 넓혀서
적셔도, 적셔도, 저 너른 마당
온 봄날을 다 적시고
신입생같이 잘도 재잘거린다
삼월을 지나 사월 봄비
다 그렇다.

동백(冬栢)

이제 마지막이다

끝물이다 할 때

더 한 번 활짝 빛났다가

휙 몸을 돌리는

투신

누가 사랑을 저렇게 목숨 걸고 하는가?

심장이 붉은 해가

서편 하늘을 한 번 쓱 훑는다.

제2부 쌍점, 혹은 쌍화점

설악(雪岳)

꼭 눈이 와야만 설악인 줄 아느냐? 너는
금마타리, 노랑제비꽃, 두루미꽃, 금강애기나리
봄날의 햇살이 꽃으로 환해도
설악은 설악이느니
꼭 눈을 덮어써야 설악인 줄 아느냐? 너는
산철쭉, 돌단풍, 조팝나무, 백당나무
모두 붉게 물들어도 설악이느니
꼭 어깨가 굽어야 삶인 줄 아느냐? 너는
저녁이 오면 고개를 숙이는 언덕은 도처에 있느니
한계령에 서면
마의(麻衣) 아니라도 이미 차거니.

기운 달을 허공에 붙들어 매며

사랑은 어쩔 수 없는 거니
꽃도둑도 도둑이라고
너의 마음을 훔치고 싶네
요즘도 사랑 같은 게 있냐고
히물히물 웃는 구름에게
야! 보란 듯이 마음을 훔쳐
낮달처럼 휘둥그레 걸어 두고 싶네
사랑은 아직도 어쩔 수 없는 거니
마음 그림자 도둑도 도둑이라고
너의 눈빛을 훔치고 싶네
요즘도 연애 같은 게 있냐고
솔바람이 넘실넘실 솔가지를 흔들어도
야! 보란 듯이 눈빛을 훔쳐
샛별같이 이른 저녁 잠깐 보여 주고 싶네
사랑은 어쩔 수 없는 거니
내 마음의 그늘을 서 마지기쯤 펼쳐 두고
여기 구름평상이라도 하나 내오느라
쓱쓱 걸레질을 하여
여름인 듯 너를 청해 앉혀 두고
수박 속같이 내 마음 붉음을

쪼개 보이고 싶네.

동백나무 등 뒤에 가 숨다

내 가난의 뿌리는 화왕산 억새
태워도 태워도 봄비엔 새로 돋아
늘 한 길 넘게 자라지
삶의 길이란 토막 난 절벽을 마주하는 일
건너도 건너도 반드시 다시 만나지
늘 한 길 넘게 버텨 서지
나는 수요일에도 술을 마시지
혼자서도 마시고 어울려서도 마시지
가장이란 벽 없는 방에서 혼자 우는 사람
울어도 울어도 눈물이 나지
가을이 와도 구절초가 피어도 울지
어떻게 사람이 꽃 앞에서 우나 그러지 말게
내 울음의 뿌리는 화왕산 억새
태워도 태워도 새벽엔 새로 돋아
자주 새벽의 뒤뜰을 서성거리지
서성거리다 서성거리다
동백나무 등 뒤에 가 숨어서 울지
울음이란 기대고 싶은 등 뒤에 가 숨는 것
뒷짐을 지고도 울지.

당나귀에서 귀를 빼면 뭐가 남나

대구뽈떼기찜집에 갔는데
찜만 나오고 김치가 없었다
김치가 아예 나오지 않았다. 나는
소주를 한 병만 먹기로 하고 두 병을 먹었다
분명히 쌀, 김치는 국내산이라 적혀 있었는데
소주를 두 병이나 먹게 했다
대구뽈떼기찜을 먹으며 나는
기다림이 기다림으로만 끝나는 이번 겨울엔
꼭 청령포를 한 번 다녀오리라 생각했다
남들은 다 불그스름한 단풍이 오는데
어쩌 내게 오는 소식은 잠잠하다
잠잠, 잠잠한 것
그러나 나는 간혹 잠잠한 게 좋았다

궁핍한 자는 오래 슬프리라 생각했다
오래된 묵은지의 시큼함이 목까지 차오른다.

꿩 대신 닭이라니요

아무리 선임하사가 뭐라고 꼬셔도
하사는 되지 말자 생각했다
어이! 김 하사
어이! 이 하사
이렇게 불리게 되면
꼭 질 낮은 선비가 된 것 같아
하사는 되지 말자 생각했다
그래도 나는 병장, 병사들의 우두머리인데
닭으로 쳐도 볏인데
하사가 되면 봉급이 얼마라 그래도
꼭 질 낮은 선비가 될 것 같아
삼월이나 오월이처럼
시골 머슴 딸 이름같이 불릴 것 같아
하사는 되지 말자 생각했다
그래도 나는 병장, 졸병들의 우두머리인데
장끼의 빛나는 꽁지깃만은 못해도
닭으로 쳐도 볏인데.

내 마음 절벽 위의 맙소사

아뿔싸!
겨우 한 송이 핀 꽃을 누군가 꺾어 가 버렸다

한 생애가 황망히 저물자
새도 목이 잠기어 서녘은 핏빛인데
이제 이 마음의 빈 절간을 어쩐다
저 혼자 덩그런 절벽.

쌍점, 혹은 쌍화점

백지 위의 두 개의 점
내가 당신을 만나러 갑니다
나는 여기 있고 당신은 거기
고양이 수염처럼 정직하게 곧바로 갈까요?
긴 파마머리처럼 빙빙 에둘러 갈까요?
나는 여기 당신은 거기
아직은 떨어져 있는 두 개의 점
나는 내일 당신을 만나러 가겠습니다

어떻게 할까요?

만나는 일이나 돌아서는 일은 같겠지요?

백지 위에는 아직 선이 없습니다
나는 여기에 있고
당신은 거기.

영, 혹은 알

아무것도 아니라고
동그랗게 보이는 0 하나 가지고 있다
쉽게 아무것도 없다고 생각하지만
모든 것의 시작인 0
닭의 처음이자 마지막인 계란처럼
꼿꼿이 서 있는 0
나는 지금 0 하나를 가지고 있다
빅뱅처럼
펑 하고 터지면
곧 새로운 우주가 될 0
하나를 열로 만드는
0 하나를 가지고 있다.
아무것도 아닌 것에서
모든 것으로 가는 0.

현현(玄玄)

에그머니는 깨어진 계란 값
잠시 내가 집중을 잃을 때
노른자와 흰자가
에그머니!
가래침처럼 쏟아지는 것

꿈은 언제나 쉽게 깨어지지

에그머니 하면 이미 늦은 것
돌이킬 수 없는 나의 꿈
병아리가 되지 못한
닭이 되지 못한
깨어진 계란

그래서 사람들은 늘 나를 꾸짖으며
꿈 깨라, 꿈 깨라 하지

내가 잠시 집중을 잃을 때마다
에그머니!
에그머니!

수없이 깨어진 계란

닭이 되지 못한 누란(累卵)

깨어나라! 병아리.

호랑가시발톱

조 앙칼진 가스나

아직도 마음의 앙금이 고양이처럼 남아서
눈을 동그랗게 뜨고 노려보면서
언제 내 얼굴을 할퀴어 볼까?
손을 오므리고 손톱을 세우고

그저 귀싸대기나 한 대 올려붙이면 될 걸

차마 입 밖에 내지 못한 말
슬쩍 눈으로 전해 준 것뿐인데
마음이 새파랗게 돌아앉아서
한여름 내내 손톱을 세우고

어쩌지 애기 동백 같은 내 마음 아직 여린 탓

동그마니 앉아서 웅크리고
손톱에 날 세우고 새파랗게 돌아앉아서
한 치도 곁을 주지 않고 고개를 빳빳이
어쩔까 저 앙칼진 가스나

내 그저 귀싸대기나 한 대 올려붙일까?

어쩌지 애기 동백 같은 내 마음
아직도 다가가지 못하고 서성서성
말도 못 붙이고 머뭇머뭇
다섯 걸음 밖에서 어정어정

어이구, 조 앙칼진 가스나.

붉은 스웨터

네가 오지 않은 가을은 벌써 지나갔다

낡은 옷장에서 꺼내듯 너를
그렇게라도 만났으면 했으나 답답한
내 마음을 툴툴 창가에서 먼지를 털듯
털어 버렸으면 했으나

내 기다림의 단풍도 그리 오래가진 않았다

색도 많이 바랜 것 같고
이젠 올이 너무 늘어졌나?
이 소매 끝자락 좀 봐!
이제 헐렁헐렁 해져 버렸어

꺼내다 다시 집어넣는 책갈피의 엽서같이

한눈으로 휙 훑고 지나가며
건성건성 길이를 재 보다
손끝으로 쓸어 보다가
무심한 듯 윗목으로 휙 던지면

아라베스크 문양의 사랑은 벌써 지나갔다.

벚꽃처럼

순식간에 사랑에 빠지고
정말 순식간에 사랑이 식지
너처럼
순식간에 피었다
정말 순식간에 지고 말지

진물이 흐르는 여름은 지겨워

모든 게 봄날처럼 짧았으면 해

순식간에 식탁이 차려지고
순식간에 먹어 치우고

정말 설거지는 지겨워

모든 게 자동이었으면 해

하루에도 열두 번, 사랑에 빠지고
하루에도 열두 번, 이별을 하지
너처럼

순식간에 피었다
정말 순식간에 지고 말지

땀띠가 여드름처럼 돋는 여름은 지겨워

모든 게 봄날처럼 짧았으면 해.

주름치마

암탉이 병아리를 품고 있는 모습을 나는
세상에서 제일 좋은 그림이라 생각한다

주름치마를 입고
엉덩이를 쓱 감싸며
의자에 앉아 보라
그 모습이 꼭 병아리를 품은 암탉과 닮았으리라

주름치마는 그래서
주름진다거나 주름졌다는 말과 다르다

초등학교 삼 학년
담임인 처녀 선생은 주름치마를 입고 있었다
봄날 우리를 끌고 운동장으로 나갔다
꼭 암탉 같았다

암탉이 병아리를 거느리고 있는 모습이 나는
세상에서 제일 좋은 그림이라 생각한다.

나의 단것에 대한 중독

방금 밥을 먹고 나왔는데
다시 무얼 먹을까 고민하는 이 난감
지금 이 허기는 뭐지?
밥은 밥으로 끝나야 하는데
밥으로 끝나지 않는 이 당김 뭐지?
술을 마시고 취하도록 마시고
어깨동무를 하고 한잔만 더
한잔만 더 하고 가자는 이 허기는 뭐지?
술은 술로 끝나야 하는데
술이 술로 끝나지 않는 이 당김은 뭐지?
사랑한다고, 사랑한다고 한 시간을 말해 놓고
돌아서지 못하고 커피나 한잔 더 할까 하는
이 질긴 팔짱은 지금 뭐지?
고백은 고백으로 끝나야 하는데
고백이 고백으로 끝나지 않는 이 당김은 뭐지?
내 속에서 나왔으나 나는 아니고
너와 함께 있으나 너도 아닌
이 당김은 뭐지?

빨간 여자

참 이쁘다 빨간 여자
뽀드덕 뽀드덕 눈 밟는 소리가 들리는 볼
한사코 감추고 있는 내 마음같이 붉다
활화산같이 배도 고프지 않은 오후

어쩜 저렇게
잘 닦은 구두코같이 빛날까

내 마음속의 과도
나는 지금 위험한 생각에 빠져 있고
하마 가을이 깊어
능금향이 머릿속까지 띵 울린다

처음 내 눈으로 들어와
이제 내 가슴속까지 차고앉아서 동그란 웃음
하얀 손길의 햇살 어디에 둘까
설핏 머리칼을 쓸어 올리는 동안
빨간 여자, 빨간 여자

손도 대지 않았는데 나는 지금 위험하다

저기 껍질을 벗기고 싶은 가을.

살아 있다는 것의 한 움큼

내가 살아 있다는 것은 늘
누군가 쥐여 주는 한 움큼의 덤으로
숨 쉬는 것

나는 태어나자마자
장손의 이름을 덤으로 받았다

숨 쉬고 두 발로 걷고 학교를 마치고 결혼을 하고

내 살아가며 받는 덤 중에 제일 큰 것
아들과 딸을 덤으로 받았다

지난봄 화단에서는 새싹과
꽃 한 다발을 또 덤으로 받은 적도 있다
거기에 우리의 숨이 붙어 있다

늙고 병들고 꿈도 잃고 사랑도 잃고 숨도 가쁠 때

삶의 끝자락, 이제 더 이상 덤이 없어질 그즈음
우리는 무덤으로 간다, 그러니

살아 있다는 것의
저 주름진 한 움큼 얼마나 무거운가.

우두커니

처음 마당을 쓸라치면
티끌 하나 없이 말갛게 해치우려고
아주 마당을 못살게 하는데

말끔히 해치우는 것만 능사가 아니어서
빗질에도 한 도(道)가 있으니

꽃 핀 봄날에는 꽃잎이 서너 장
단풍 든 가을에는 낙엽이 두어 장
쓴 듯 아니 쓴 듯 그래야 제맛

옛 고승은
법당 앞마당을 한 삼 년 쓸고
도통(道通)을 했다는데

사람의 빗질도
칭찬할 몫 또 한 두어 점
꾸중할 몫 또 한 두어 점
덮어 두어야 제멋

아이들이 다 빠져나간 운동장 한 귀

멍하니 빗자루를 들고

나는 어디서 잘못되었나?

바람에 쓸리는 그림자 하나.

무리에서 떨어져 나온 외톨이 늑대는

따뜻한 밥을 먹을 때도 혼자
가을의 긴 숲 속 길을 걸을 때도 혼자
사랑의 시를 쓸 때도 혼자
간혹 혼자라는 것이 두려울 때도 있지만
혼자라서 더 두려울 때도 있지만
그래도 혼자라서 다행이라는 생각
벚꽃으로 화창한 여좌천을 걸을 때도 혼자
흑백다방을 찾아 문을 열고 들어가
이것저것 둘러보다 돌아 나올 때도 혼자
파전에 막걸리를 마실 때도 혼자
간혹 혼자라는 것이 두려울 때도 있지만
혼자라서 더 두려울 때도 있지만
그래도 혼자라서 다행이라는 생각
작은 간이 우체국을 지나며
답장을 기다리지 않는 엽서를 쓸 때도 혼자
국밥을 먹을까? 국수를 먹을까?
사소한 고민을 할 때도 혼자
술잔을 건네줄 상대가 없다는 생각에
간혹 혼자라는 것이 두려울 때도 있지만
그래도 혼자라서 다행이라는 생각

원래 늑대는 외톨이가 아니라지만
혼자라서 더 두려울 때도 있지만
그나마 혼자라서 다행이라는 생각.

소주

사람이 어떻게 맨정신으로 사냐?

백지 위에다 소주라고 써 놓고 보니
비워진 잔과 반쯤 찬 두 술잔이 보인다

내가 너를 알게 된 것은
너와 만나기 전이거나 헤어진 후

안주는 무엇으로 장만해도 좋을 거야

강변에 나가 조약돌을 줍거나
조약돌로 물수제비를 날려도
나는 조약돌처럼 자주 가라앉는다

사람이 어떻게 맨정신으로 사냐?

백지를 돌려놓고 보니 소주가 주소가 되었다
내가 돌아갈 집.

박쥐

날 수 있는 유일한 포유류로서
스스로를 경계인으로 불러 주기를 원하지만
자세히 보면 그는
권력을 향해 이쪽저쪽 힘에 따라가 붙는
예민한 방향 정위 체계를 갖춘
줏대 없는 식충성 동물에 불과하다.

날개는 앞다리가 진화 변형된 것일 뿐.

사람들은 간혹
행운을 가져다주는 상징으로 착각하기도 하지만
이는 해석의 오해에서 기인한다.

그는 철저한 야행성으로 기회주의자일 뿐.

절대로
남북 극지방에서는 서식하지 않는다.

제3부 태연자약

민화 1

작약 한 그루
모란인 줄 알았다 그래도 태연자약
함박꽃이라 그래도 태연자약
구십을 넘긴 할아버지처럼
구십이 다 된 할머니처럼
한낮의 햇살 아래 태연자약
나는 아직 못 가 본 저 세계
참 환하다.

민화 2

된장 맛은 뚝배기라고
똑똑한 년 예쁜 년한테 못 이기고
예쁜 년 돈 많은 년한테 못 이기고
요즘도 어디 화롯불에 된장 뚝배기 올려놓는 집 있다
세상도 알고 보면 다 거기서 거기
돈 많은 년 아들 잘 둔 년한테 못 이기고
니 참 잘났다 된장을 한 숟갈 퍼먹으며
제발 빈다, 아들아!
니 꼭 성공해라.

민화 3

앵두나무 아래로 가서 저 할머니 금방 앵두다
앵두 같은 눈빛, 앵두 같은 볼, 앵두 같은 생각
열일곱, 열여덟 입술이 붉어진
앵두를 따며 앵두나라로 망명하여
앵두나라의 시민
처녀 적 앵두나라의 시민
앵두나무 아래로 가서 저 할아버지 금방 앵두다
앵두 같은 나이, 앵두 같은 말투, 앵두 같은 휘파람
열일곱, 열여덟 눈빛 초롱한
앵두를 주우며 앵두나라로 망명하여
앵두나라의 시민
총각 적 앵두나라의 시민
앵두나무, 앵두나무 아래로 가서.

민화 4

버스로 한 시간 반, 통영 간다
배둔, 고성을 거쳐 한 시간 반 통영 가서
시외버스 터미널 앞 큰언니식당에서
백반정식을 먹는데
생일도 아닌데 미역국이 한 대접
낯모를 곳에서 낯모르는 사람에게 생일상 받는다
구운 간조기 한 마리
김 몇 장, 계란찜
고봉밥 한 그릇, 생일상 받는다
뜻밖 허튼 걸음 버스로 한 시간 반
배둔, 고성을 거쳐 한 시간 반 통영 가
낯모를 곳에서
낯모르는 사람에게 생일상 받는다
따끈따끈하게 낯익은 듯
백반정식 생일상 참 오지다.

민화 5

초행(初行), 산에 가면 꼭 묻는다
정상(頂上)은 얼마나 남았습니까?
내려오는 사람들은 한결같이 말한다
이제 거의 다 왔습니다
한참 가다 보면 욕 나온다
첫 경험, 살면서 꼭 묻게 된다
이럴 땐 어떻게 해야 합니까?
해 본 사람들은 하나같이 말한다
까짓것, 해 보면 아무것도 아니야
막상 당해 보면 욕 나온다
저 더러븐 놈들
야! 좀 똑바로 못혀.

민화 6

살다 보면 저절로 다 아는 수도 있다
가령, 손을 들어두 지나갈 택시는 지나가고
손을 들지 않아도 설 택시는 선다
택시만 그런 게 아니다
세상이 다 그렇다
붙잡아도 갈 사람은 제 길로 가고
밀쳐 내도 있을 사람은 곁에 있다
이건, 누가 가르쳐 줘서 아는 것이 아니다
살다 보면 저절로 다 아는 수가 있다
철새는 철새대로 살고
텃새는 텃새대로 산다
붙잡는다고 될 일이 아니다
그래, 니들 잘났다, 쪼대로* 살아라.

●쪼대로: '자기 마음대로' 또는 '기분대로' 등의 뜻으로 쓰이는 경상도
지방의 방언.

민화 7

요즘 세상 참 좋아졌다고
이젠 옛말 필요 없다고 그러지만 그건 아니지
가령, 목욕탕에 가면 비누 주지
수건 주지 치약 주지
거기다 등을 밀어 주는 등밀이까지
이젠 옛말 필요 없다 그러지만, 그건 아니지
등밀이가 아무리 좋아도 아들 손만 하겠느냐고
아무리 꿩 대신 닭이라지만 이건 아니지
가령, 가려운 등 효자손이 아무리 좋기로서니
마누라 손 반만 하겠느냐고
요즘 세상 참 좋아졌다고
이젠 옛말 필요 없다 그러지만 그건 아니지
등밀이가 아무리 좋아도 그렇지
등에 닿는 아들 손만 하겠느냐고.

민화 8

남편은 일찍 명퇴를 하고
아직도 직장에 남아 고생하는 아내에게
그래도 생각는다고 보약을 한 첩을 지어 주곤
남편이 다정히 물었다

―맛있어?

아내가 대답했다.

―맛이 써!

아! 참, 아내는 뭘 몰라.

민화 9

그래, 언제
시간 내어 밥 한 그릇 하자
어깨를 뚜덕이며 내미는 손
나는 벌써 배부른 듯하고
세상 사는 일, 까짓것
별것 아니란 듯 움츠렸던 어깨가 펴지고
가자, 오늘 술 한잔하자
팔을 끌며 이끄는 손
나는 벌써 취한 듯하고
빈 주머니, 까짓것
별것 아니란 듯 가슴이 뻥 뚫리고
밥 한 그릇, 술 한잔에
없는 누나가 생긴 듯
없는 매형이 나타난 듯
가갸거겨 고교구규
나는 벌써 골목대장이 된 듯하고.

민화 10

군밤 장수가 있었네 눈이 오는데
펄펄 눈이 오는데 군밤 장수가 있었네
내 팔짱을 낀 그니에게 무얼 사 줄까?
걱정할 필요도 없게 노릇노릇
군밤 장수가 있었네 눈이 오는데
징글 벨 징글 벨 눈이 오는데
군밤 장수가 있었네 따끈따끈한 군밤이
한 소쿠리에 삼천 원 군밤 장수가 있었네
그분이 오신 날을 며칠 앞두고
펄펄 눈이 오는데 군밤 장수가 있었네
가난이 가난을 덮으며
징글 벨 징글 벨 눈이 오는데
내 팔짱을 낀 그니에게 무얼 사 줄까?
걱정할 필요도 없게 노릇노릇
군밤 장수가 있었네 따끈따끈한 군밤이
한 소쿠리에 삼천 원 군밤 장수가 있었네.

민화 11

낡은 수도꼭지에서 떨어지는
낙숫물 소리를 듣는다
또옥. 또옥. 또옥. 또옥. 또옥
세숫대야를 받쳐 놓고
칫솔을 물다 잠시 멈칫한다
똑. 똑. 똑. 똑. 똑. 똑
탁, 탁, 탁
또옥, 또옥, 또옥
면도를 마치면 세수나 해야지 해도
똑, 똑, 똑 또옥
똑, 똑, 똑, 똑, 똑, 똑
심장의 박동 소리를 듣는다
늙은 타자기같이
꼭 여럿이 모이면 말줄임표 같다
문을 닫고 나와도 여전히
똑, 똑, 똑, 똑, 똑, 똑
어디서 누가 49제를 올리나
목탁 소리가 처량하다
말을 다 하지 못해도 전화를 끊어야 할 때가 있다.

민화 12

오래된 백자가 있어
모란을 품으면 모란병
매화를 품으면 매화병
여름이 와도 지지 않고
가을이 와도 시들지 않네
오래된 사진이 있어
뒷배경은 시골집 툇마루
내 앞에 앉은 아이는 막냇동생
세월이 가도 나이를 먹지 않고
나이를 먹어도 늙지 않는
오래된 기억이 있네
목욕탕의 거울같이 흐릿한
오래된, 오래된 이야기가 있어
국을 담으면 국그릇
밥을 담으면 밥그릇
여름이 와도 지지 않고
가을이 와도 시들지 않네
모란을 품으면 모란병
매화를 품으면 매화병
아주 오래된 백자가 있어.

민화 13

시를 읽는 마음은
폐지나 신문지를 내놓을 때
지난 문예지 한 권을 덧얹어 내는 손
제대로 읽어 내지 못한 글들이
폐지를 줍는 할머니 손에서는 귀한 횡재
그 얼마나 무거운 책값을 하느냐
하는 생각, 내 집에서는 그저
다리 부러진 책상 받침이나 하다가
라면 냄비 받침이나 하다가
이제야 제대로 된 정말 귀한 대접
정말 책값 한다는 생각
사람이든 책이든 제대로 대접받는다는 것
참 소중하다, 시를 읽는 마음은
그들이 제대로 대집받게 하는 것
그저 덧얹은 책 한 권의 마음.

민화 14

창원소방서 맞은편 부산밀면
벽에 붙은 사훈이 멋지다
"산을 밀면 길이 되고 벽을 밀면 문이 된다"
사훈이 정말 멋지다
밀면은 밀가루로 만든 냉면인데
별것 아닌 것들이 별것으로
밀면 다 되는구나
후루룩 넘기면 다 되는구나 생각하니
벽에 붙은 사훈이 너무 멋지다
누가 써 놓은 문구인지 기가 찬다
들어가 밀면을 먹다
나는 생각한다
머리를 밀면 스님이 되고
때를 밀면 선녀도 될까?
농담도 말이 되는
창원소방서 맞은편
부산밀면 사훈이 멋지다
담백한 밀면 육수보다
별것 아닌 별것으로
벽에 붙은 사훈이 더 빛난다.

민화 15

겨울 산은 다 거기서 거기다
눈 내릴 듯 거뭇한 하늘 아래 잎 진 나무들
오십이 넘으면 배운 놈이나 못 배운 놈이나
육십 넘어 잘난 놈이나 못난 놈이나
한바탕 눈이라도 쏟아지면
모두 다 눈밭
칠십 넘어 가진 놈이나 못 가진 놈이나
팔십 넘어 산에 있는 놈이나 방에 앉은 놈이나
단풍이 지고 나면 다 거기서 거기
어렴풋이 알 듯 모를 듯.

민화 16

돌 하나를 모셨네
돌쟁이 베개만 한
어쩜 내 고향의 뒷산 같기도 하고
내 마음의 언덕 같기도 한
돌 하나를 모셨네
책상 위 가만히 올려놓고
내 고향의 뒷산을 올랐다
내 마음의 언덕을 쓰다듬었다
완상을 하는데
이분이 간혹 나에게 말을 걸어와
이러쿵저러쿵 시간을 보내기도 하는데
어떨 땐 대답이 궁한 질문도 해
내 괜한 짓 했다 후회하게 만드는
돌쟁이 베개만 한 돌 하나 모셨네
곤혹한 돌쟁이 하나를 모셨네
돌은 돌인데 이건 돌이 아니라서
어쩌다 걸언(乞言)도 하게 되는
큰 이름씨 한 분 모셨네
내 마음도 다 아는.

민화 17

그래, 니 말은 그런데
나는 아무리 들어도 깻묵 네 덩이
니 그 캐도 알고, 이 캐도 안다
니는 니대로 생각이야 있겠지만
나는 아무리 들어도 깻묵 네 덩이
이미 진국은 다 빠져나가고
허울 좋은 명분만 남은
니 말은 아무리 들어도 깻묵 네 덩이
쓸데없는 깻묵 네 덩이
니 그 캐도 알고, 이 캐도 다 안다
그래, 니 말은 그렇고 그런데
나는 아무리 들어도 깻묵 네 덩이
아무리 그래도 깻묵 네 덩이
당최, 기름기 없는 깻묵 네 덩이.

민화 18

참 얼척없데이, 이 가을 당신과 같이 단풍 드는 일
당신이 끓여 준 김치찌개를 삼십 년이나 먹고 또 먹고
아직도 맛있다고 낄낄거리는 일, 참 얼척없데이
삼십 년을 함께 살고도 아직 한 이불
삼십 년을 함께 살고도 아직 한 밥상
삼십 년을 함께 살고도 아직 한 마음
이 가을 당신과 함께 단풍 드는 일, 참 얼척없데이
삼십 년 전이나 똑같이 한 뚝배기의 된장찌개에
함께 숟가락을 담그는 일, 참 얼척없데이.

민화 19

자! 물어보자

호박에 줄을 그으면 뭐가 되지?

—수박이요

아니지 줄 그어진 호박이지

그럼 뛰는 말에다 줄을 그으면 뭐가 되지?

—줄 그어진 말이요

아니지 그건 얼룩말이지

다시 생각해 봐

겉은 변해도 본질은 변하지 않는 거야

줄이란 그런 것이지

봐! 물어보자

너는 호박이니?

말이니?

민화 20

외상술을 마시기에는 이미 너무 늦은 나이
외상술을 마시다 진주난봉가를 부르기에는 너무 늦은
나이
늦둥이를 위해 뜰에다 벽오동을 심기에는 너무 늦은
나이
책을 읽으며 밤을 새우기에는 이미 너무 늦은 나이
책에 쓰여진 대로 마음먹고 뜻을 세우기엔 너무 늦은
나이

그런데
술을 마시고
외상술을 마시고
진주난봉가를 부르고
뜰에다, 뜰에다 벽오동을 심는 저 화상
넌 누구냐?

불기운의 사막을 지나 대지의 흙 속으로

—한 실연당한 영혼의 시적 여정

이성혁(문학평론가)

1.

현재도 활발하게 시작 활동을 벌이고 있는 성선경 시인
은 1988년 『한국일보』 신춘문예로 등단했다. 그의 시력 근
30년이다. 이 시집 『까마중이 머루 알처럼 까맣게 익어 갈
때』는 그의 열 번째 시집이다. 그러나 이 시집에는 중견 시
인의 능수능란한 시법의 세계가 펼쳐져 있지 않다. 이 시집
은 성선경 시인이 서정시의 가장 단순한 핵으로 돌아가고
자 하는 모습을 보여 준다. 서정시의 핵은 실연과 애모(愛
慕)다. 실연과 애모야말로 근대 서정시뿐만 아니라 저 「황조
가」로부터 시작되는 한국 서정 노래의 감정적 핵이었다. 성
선경 시인은 이 시집 제1부의 시편들에서, 이 오래된, 하지
만 여전히 현대적인 실연과 애모의 감정을 절절하게 읊는
다. 이 시집은 3부 60편, 각 부 20편의 시로 정갈하게 구성
되어 있는 바, 제1부의 시편들은 실연을 감당하면서 느끼

는 시인의 감정들, 나아가 실연과 애모를 넘어선 새로운 삶을 모색하는 과정을 보여 주고 있다. 그것은 「시인의 말」에서 시인 스스로 말하고 있듯이 "가슴에 저 혼자 외로운/낙타 한 마리를 키우"는 과정이었을 것이다.

이 시집의 서시 격인 「낙타 키우는 사람」에서 성선경 시인은, "대체로 가슴이 사막인 사람은" "제 속에" "불기운의 사막을 건너는 데" "제격"인 "낙타를 키운다"고 말하고 있다. 실연의 아픔과 절절한 애모는 마음을 "불기운"으로 가득하게 만들어 결국 사막으로 만들어 버릴 터, 이 사막을 건너기 위해선 시인 스스로 낙타가 되어야 한다. 그리하여 그는 자신이 마음으로 키워 낸 낙타가 되어 한여름의 뜨거운 사막을 건너면서 시를 쓸 것이다. 그 실연과 애모의 뜨겁고 아픈 감정이 시 쓰기의 발동기가 되며, 그 시는 서정 노래의 오래된 원형을 담게 된다. 아래의 시는 바로 시인의 마음이 키운 외로운 낙타의 말임이 틀림없다.

잠시 쉬어 가도 될까요
사랑은 양떼구름같이 쉽게 흩어지지요
무릎이 아픈 것처럼 잠시 앉았다 가도 될까요
당신은 너무 붉고 칠월은 금세 지나가요
당신은 언제나 높은 담장
꽃은 피지만 사랑은 오래가지 않아요
잠시 쉬었다 가도 될까요
사랑은 언제나 무릎 아래서 피지만

당신은 언제나 너무 높은 담장

하늘을 쳐다보고 말을 걸지만

구름은 시시각각 변해서

사랑은 양떼구름같이 자주 흩어지지요

잠시 쉬어 가도 될까요

아주 잠시,

지나가는 과객처럼

칠월은 금세 지나가니까

칠월은 아주 쉽게 잊혀지니까.

　　　　　　　　　—「등을 돌린 석류꽃에 말을 걸며」 전문

　위의 시에서 말을 하고 있는 이는 어딘가를 가고 있는 자다. 그는 사랑을 막 잃어버리고 방황하고 있는 중일 것이다. 그는 "사랑은 양떼구름같이 쉽게 흩어"진다는 말을 시의 앞뒤에서 반복하여 말하면서 "잠시 쉬어 가도 될"지 "등을 돌린 석류꽃에 말을 걸"고 있는 것이다. 사랑을 잃어버린 시인의 마음은 칠월의 한여름처럼 덥고, 뜨겁고, 지쳐 있다. "사랑은 오래가지 않"아서 "시시각각 변"하다가 "양떼구름같이 자주 흩어지"고야 마는 것, 이렇게 시인이 사랑의 가변성을 거듭 말하는 것은 고통스러운 칠월 역시 사랑처럼 "금세 지나가"고 "쉽게 잊혀"지리라는 기대를 갖고자 함이다. 물론 이 기대는 슬프고 허탈한 기대이다. 고통의 원인이 사랑이 빨리 가 버렸기 때문이니 실연의 고통 역시 빨리 지나가리라는 기대이기 때문이다. 그러한 인과관계가

성립될 수는 없는 일 아닌가. 시인은 기대와는 달리 오래도록 칠월을 겪어야 할지 모른다.

위의 시인이 칠월 한여름 사막을 걸어가는 것과 같은 실연의 고통을 그래도 견딜 수 있는 것은 석류꽃에 말을 걸며 잠시 쉴 수 있으리라는 희망 때문이다. 하지만 시인의 불타는 마음을 시각적으로 이미지화하는 저 붉은 석류꽃은 당신의 모습이기도 하다. '석류꽃'은 '당신'이 "언제나 너무 높은 담장"에 있다는 것을 알려 주는 존재인 것이다. 그래서 그 석류꽃은 "무릎 아래서 피"어나는 사랑은 당신에 도달하기 힘들다는 것을 말해 준다. 석류꽃마저 나로부터 등을 돌리고 있는 것인데, 시인은 다만 담장 위에서 등 돌려 앉은 석류꽃 밑에서 잠시 쉬기라도 할 수 있기를 그 석류꽃에게 간청하는 것이다. 실연의 고통 속에서 살아가고 있는 시인은, 이제 만날 수 없는 당신의 이미지라도 잠시 올려다보면서 쉬고 싶어 한다.

하지만 저 석류꽃은 화자에게 안식을 주지 못할 것이다. 당신의 이미지는 그를 더욱 고통스럽게 할 것이기 때문이다. 「능소화에게 이 여름은 무엇이었을까?」에서의 '능소화' 역시 저 석류꽃과 같이 사랑의 대상을 연상시키는 꽃이다. 그 꽃은 "여전히 남"은 "네 발자국"이다. 시인은 "너는 가고 없는데" "대낮에도 힐끔거리"면서 그 꽃을 본다. 능소화가 벌겋듯이 "네 발자국도 따라서 벌겋"다. 벌건 꽃의 색깔, 그 "도장밥처럼 벌"건 색깔은 또한 실연의 뜨거운 태양 아래에서 한여름을 견디며 걸어가야 하는 시인의 "미칠 것 같

은” 마음을 표현한다. 저 능소화가 있는 한, 시인의 기대와
는 달리 “여름은 쉽게 끝날 것 같지” 않다. 게다가 저 당신
의 흔적이자 표지인 '능소화-발자국'은 붙잡고자 해도 “잡
지 마라 잡지 마라 달아나”고 마는 것, 그래서 시인은 달아
나는 당신의 이미지를 따라 결국 또다시 한여름 대낮의 마
음을 걸어가야 하는 것이다. 아래의 시에서는 이 미칠 것
같은 마음이 좀 더 강렬한 이미지를 통해 형상화되고 있다.

> 나는 지금 숯가마에 들었습니다
> 엄청 덥고요, 당신을 잊지 않겠다는 생각
> 지금은 많이 지워졌습니다
> 당신의 눈동자같이 숯불은 이글거리고
> 돌아서던 당신의 눈동자같이 이글거리고
> 만데빌라는 칠월 태양 아래 가장 붉습니다
> 나는 지금 숯가마에 들었습니다
> 당신이라는 가마는 무척 뜨겁고요
> 화단의 만데빌라는 당신을 잊지 말라
> 붉어서 숯불같이 이글거리고
> 나는 잠시 숨을 멈췄다 다시 숯불 속으로
> 엄청 더운 숯불 속으로 당신을
> 잊지 않겠다는 더운 숯불 속으로 들어가
> 당신을 잊는 일에 골몰합니다
> 나는 지금 숯가마에 들었고요
> 화단의 만데빌라는 숯불같이 이글거립니다

지워지지 않는 지워지지 않는 눈동자
나는 지금 당신이라는 숯가마에 들었습니다
잊지 않겠다는 생각을 잊으며
만데빌라같이 타오릅니다.

　　　　　　　　—「만데빌라는 숯불같이 타오르고」 전문

실연당한 사람은 알겠지만, "당신을 잊지 않겠다는 생각"을 지워 내고자 할 때 마음은 더욱 고통스러워진다. 왜냐하면 그때 당신의 이미지는 더욱 뜨겁게 기억되기 때문이다. 그래서 마음은 지옥 불에 떨어진 듯 뜨거워진다. 위의 시는 실연한 이의 바로 그 가장 가혹한 단계(만데빌라처럼 "칠월 태양 아래 가장 붉"은 마음의 단계)를 지나가는 마음을 보여 준다. 마지막으로 시인으로부터 "돌아서던 당신의 눈동자"는 숯불처럼 이글거리면서 시인의 기억을 달군다. 그리고 그 이미지는 붉디붉게 "숯불같이 이글거"리는 저 "화단의 만데빌라"의 모습으로 현상해서 "당신을 잊지 말라"고 명령한다. 이에 시인은 "당신을/잊지 않겠다는 더운 숯불 속으로", "당신이라는 숯가마" 속으로 들어가야 한다. 그러나 한편으로 그 뜨거움을 견디기 힘들기 때문에 그는 "당신을 잊는 일에 골몰"한다. 하지만 이렇게 골몰할수록 당신의 눈동자는 "지워지지 않"을 것이요, 시인의 마음 역시 "만데빌라같이 타오"를 것이다. 실연한 이의 마음은 모순 속에서 고통으로 타오른다.

그렇지만 시인은 당신을 지워야 할 것이며, 결국은 지울

92

수밖에 없을 것이다. 계속 숯불처럼 타오르면서 살 수는 없는 법이기 때문이다. 숯불도 자신을 다 태우면 재만 남기고 식는다. 「영산홍 여윈 어깨를 감싸 안으며」에 등장하는 화자는 이 사실을 알면서도 떠나지 못하고 미련에 붙잡혀 있는 자의 모습이다. 그는 가야 한다고 생각하면서도 "이제 그만 가야겠다 말하지" 못한다. 여전히 그의 마음 한편에는 붉은 꽃이 사라지지 않고 존재한다. 이 시에서는 영산홍이 그 꽃이다. 시인은 술잔을 앞에 두고 "영산홍, 영산홍 되뇌"면서 "그대 생각"을 떨치지 못한다. 그러한 되뇜 속에서 가시화되는 영산홍의 이미지를 가만히 들여다보면, "네 눈속에" 어리는 "붉은 산 빛"이 그를 사로잡는다. 그 "붉은 산빛"은 "눈썹 내리깔고 조심히도 술잔을 채우던" 그대의 이미지가 발하는 빛이다. 그가 "술잔을 마저 비우지 못"하는 것은, 그 산 빛이 이끄는 그대의 그 이미지 때문이다. 술잔을 비웠을 때에는 이제 그 빈 술잔에 술을 따라 줄 당신이 없다는 현실을 절실하게 인정해야 할 시간이 닥칠 테니 말이다.

2.

그대에 대한 기억, 그대 눈 속 "붉은 산 빛"의 이미지마저 사라진다면 무엇이 남을 것인가. 그림자만 남을 것이다. 눈물만 남을 것이다. 이 쓸쓸한 상황을 그려 낸 시가 「구상나무 아래서의 한나절」이다. 그 시는 "너는 가고 나만 남"은 상황을 보여 준다. 시인은 "구상나무 아래서" 처연하게 "한

93

시간에 한 개비씩" 담배를 피우고, "그렁그렁 눈물이 달리
도록/봉숭화 꽃물을 들"인다. 이 나무 아래서 자라나는 것
은 그림자뿐, "기다림도 아니고 그리움도 아닌" 담배와 봉
숭아꽃만이 "그렁그렁 달"릴 뿐이다. 이 기다림도 그리움도
아닌 처연함이, 시인이 실연의 뜨거운 사막을 지나 도달한
감정 상태이다. 이 처연함마저 지나가면 칠월의 한여름도
끝날 것이며, 꽃도 시인의 눈에 들어오지 않을 것이다. 다
만, 이 시집의 표제작인 아래 시의 '까마중'과 같은 풀만이
시인의 입속에서 까맣게 익어 갈 것이다.

당신은 벌써 가고 나의 칠월도 끝이 났습니다
까마중 까마중 하고 입속에서 우물거리면
왠지 까만 동자승이 생각나
꼬마중 꼬마중 하게 되지만
당신이 떠나간 길의 뒷덜미를 오래도록
쳐다보지요, 그 길섶을 깊이
들여다보지요, 고개를 숙이고
풀숲에 두루마기가 차름한 방아깨비나
찾아보지요, 당신은 벌써 떠나고
나의 칠월은 이미 끝났는데
까마중이 머루 알처럼 까맣게 익어 갈 때
왠지 나도 동자승같이 외로워져서
까마중 까마중 입속으로 우물거리면
왠지 까만 동자승이 생각나

꼬마중 꼬마중 하게 되지만

　　당신은 벌써 가고 나의 칠월도 끝이 났습니다

　　당신이 떠나간 길섶 뒷덜미의 깊이만큼

　　까마중이 머루 알처럼 그렇게 익어 갈 때.

　　　　　—「까마중이 머루 알처럼 까맣게 익어 갈 때」 전문

　시인은 위의 시에서 실연과 애모의 고통으로 뜨거웠던 칠월이 드디어 끝났다고 선언한다. 시인은 영산홍과 같은 아름다운 꽃을 되뇌지 않는다. 이제 그는 약재로 쓰인다는 까마중과 같은 풀을 "입속에서 우물거"리고 있다. 까마중 열매는 검다. 그래서 까마중을 웅얼거리면서 "까만 동자승이 생각나"기도 했던 것, 게다가 '까마중'이라는 단어의 발음은 '꼬마중'이라는 단어의 발음과 유사해서 시인은 더욱 동자승을 떠올린다. 그런데 이 연상 작용으로 시인은 다시금 외로움에 빠진다. 그가 "당신은 벌써 가고 나의 칠월도 끝이 났습니다"라고 반복해서 사랑이 끝났다고 단언하면서도, 동자승에 대한 연상으로 그는 당신에 대한 미련으로부터 완전히 벗어날 수 없다. "꼬마중 꼬마중" 단어를 떠올리자 "당신이 떠나간 길의 뒷덜미를 오래도록/쳐다보"는 것은 그 때문이다. 시인이 입속에서 우물거리는 까마중은 그 "당신이 떠나간 길섶 뒷덜미의 깊이만큼" 익어 간다. 당신이 멀리 갈수록 까마중 같은 시인의 마음은 더욱 오랜 시간 짙고 까맣게 익다가 밀알처럼 삭을 것이다.

　위의 시에서 시인이 동자승을 떠올리면서 외로움을 느낀

다는 진술은, 동자승과 자신을 동일시한다는 것을 의미하기도 한다. 동자승은, 자신의 결단으로 속세 세상으로부터 떨어져 나온 성인 스님과는 달리, 자신의 의지와는 무관하게 속세 세상을 등진 아이 스님이다. 그래서 더욱 동자승은 외로움에 빠져드는 것이다. 실연의 고통까지 다 삭아 버린, 사랑을 잃은 사람은 이제 외로운 아이로 퇴행한다. 그리고 외로움에 익숙해져서 "혼자라서 더 두려울 때도 있지만/그래도 혼자라서 다행이라는 생각"(「무리에서 떨어져 나온 외톨이 늑대는」)을 하게 될 것이다. 이 외로움은 점차 고독으로 전화되어 갈 것인데, 고독은 나는 누구인지, 왜 이런 상황에 있는지 자신의 존재성을 성찰하게 하는 시간을 가져올 것이다. 시인이 자기 자신의 존재를 규정하고 있는 아래의 시는 그러한 고독한 성찰의 시간을 거쳐 써졌을 것으로 생각된다.

내 도장은 벼락 맞은 대추나무로 만든 것
이것을 나는 무슨 벽사의 부적처럼 여기고
주머니 안에 넣어 다니며 몰래
남몰래 주머니에 손을 넣어 만지작거리고
무슨 못 들을 말을 듣거나
못 볼 일을 보게 되면 만지작거리고
벽사의 주문처럼 웅얼거리고
이 대추나무 뼈다귀를 움켜쥐게 된다
알고 보면 모든 대추나무는 벼락을 맞고
이 벼락 맞은 대추나무 뼈다귀들이

축제의 난전에서 도장으로 환생하지만

그래도 참 이딴 것에 하고 우스워도 하지만

이는 정말 잘 모르고 하는 일

벼락에 맞는 일은 환골하는 일

벼락을 맞는 일은 탈태하는 일

한 생애를 뛰어넘는 일이다. 나도

언젠가 벼락을 맞아 봐서 안다. 그래서

벼락 맞는 일이 얼마나 큰일인지 안다

내 도장은 벼락 맞은 대추나무로 만든 것.

　　　　　　　　　　—「모든 대추나무는 벼락을 맞고」 전문

　도장은 어떤 개인의 존재성을 드러내는 상징이다. 성선경 시인에 따르면 그의 도장은 "벼락 맞은 대추나무로 만든 것"이다. 그는 이 도장을 무슨 부적처럼 주머니 속에 넣고 다니는데, "무슨 못 들을 말을 듣거나/못 볼 일을 보게 되면 만지작거리고/벽사의 주문처럼 웅얼거리"는 것을 보면, 시인 자신을 지켜 줄 특별한 상징물로 그 도장을 생각하고 있음을 알 수 있다. 시인의 특이성을 상징할 그 도장은 바로 그 특이성을 지켜 준다. 벼락 맞고 타 버린 대추나무의 뼈다귀로 만든 그 도장은 시인 자신의 영혼의 뼈다귀와 같다. 그렇게 그 도장은 시인의 존재성의 알맹이이기에, 시인은 못 들을 말을 듣거나 못 볼 일을 보게 될 때 그 알맹이를 만지면서 흔들리지 않으려는 다짐을 하는 것이다. 이는 시인이 벼락 맞은 대추나무에 자신을 동일시하고 있음을 말해 주기도 하는 것, 시인 역시 벼락을 맞아서 대추나무 도장처럼 환생한 경험이 있다. "벼락을 맞는 일은" 환골탈태하는 일, 시인은 벼락을 맞아 자신의 뼈와 모습을 완전히 바꾸게 된 "큰일"을 겪은 적이 있는 것이다. 그 벼락이란 무엇일까? 바로 사랑 아니겠는가?

시인은 외로운 동자승처럼, 나아가 무리에서 떨어져 나온 고독한 늑대처럼 홀로 밥 먹고 술 마시며 살아가는 동안, 자신의 존재성을 성찰하면서 자신이 벼락 맞은 대추나무와 같은 존재임을 인식하게 되었을 것이다. 그는 자신이 사랑이라는 벼락을 맞고 다 타 버린 존재, 그래서 자신의 존재성이 완전히 뒤바뀌게 된 존재임을 알게 된다. 하지만 다 타 버렸어도 뼈다귀는 남아 있었고, 시인은 그 뼈다귀를 벼락 맞아 환골탈태한 자신의 존재성을 상징하는 도장으로 삼는다. 시인은 이렇듯 '그대'를 상징하는 꽃으로부터 자신을 상징하는 나무의 뼈다귀로 시적 촉수를 옮기는데, 「대숲에 와서 새소리를 듣는다」에 나오는 '대나무' 역시 시인의 존재성을 상징하고 있다고 하겠다. 시인은 이 시에서 대나무를 "날지 못하는 새의 뼈"와 동일화한다. 대나무 속의 공동(空洞)은 그 새가 자신의 뼛속을 비운 것이다. 그 뼛속을 다 비우면 날 수 있게 된다는 듯이 말이다. 하지만 그렇게 뼛속을 다 비웠어도 새들은 날지 못했는지, 대숲의 대나무들은 여전히 피리 소리와 같은 새소리로 울고 있다.

대나무는 날지 못하는 새들의 영혼

대숲은 날지 못하는 새 떼들의 망명지
나라 없는 영혼처럼 대나무가 운다
이미 뼛속을 다 비웠으니 곧 날아가리라
지난여름에도 기대하였으나
올해도 대숲에 와서 다시 새소리를 듣는다
날지 못하는 새,
망명지의 영혼,
피리처럼,
슬픈 피리 소리처럼,
이미 뼛속을 다 비웠으나 날아가지 못한
새소리를 듣는다. 대숲에 와서.

—「대숲에 와서 새소리를 듣는다」 부분

 대나무는 "날지 못하는 새"의 뼈이자 영혼이었던 것, 그
래서 대숲은 "날지 못하는 새 떼들의 망명지"이다. 바람에
흔들리는 대나무들이 내고 있는, "슬픈 피리 소리"와 같은
울음소리는 그 새들이 날기를 기대했으나 올해도 날지 못
해 우는 소리인 것이다. 그 '새소리'는 시인의 마음 깊숙한
곳에서 공명하고 있을 텐데, 그것은 그 새소리가 바로 자신
의 울음소리와 같다고 여겨졌을 터이기 때문이다. 시인 역
시 날고 싶었고 그래서 뼛속을 비웠으나 여전히 날지 못하
고 있다. 저 대나무처럼 말이다. 그렇다면 그의 시는 마음
에서 흐르는 울음을 피리소리로 변환시킨 것 아니겠는가.
시인은 울고 싶은 것이며, 그래서 시를 쓴다. 그러나 마음

껏 드러내 놓고 울 수는 없는 일, 울고 있는 시인에게 누군가가 "어떻게 사람이 꽃 앞에서 우나 그러지 말게"(「동백나무 등 뒤에 가 숨다」)라고 말할 것이기 때문이다. 하여, 시인은 "동백나무 등 뒤에 가 숨어서" 울며, 그렇게 시인에게 "울음이란 기대고 싶은 등 뒤에 가 숨는" 일이 된다(같은 시). 물론 이 울음은 시인의 마음속에서 일어나는 일, 시인의 마음에는 동백나무라는 기댈 등이 있었던 것이다.

　이 동백나무란 무엇인가. 시인의 마음을 지탱하고 있는 존재 근거와 같은 것 아니겠는가. 시인은 "내가 살아 있다는 것은 늘/누군가 쥐여 주는 한 움큼의 덤으로/숨 쉬는 것"(「살아 있다는 것의 한 움큼」)이라고 말한다. 이 "한 움큼의 덤"을 "쥐여 주는" 존재, 그가 숨 쉬는 것을 뒷받침해 주는 존재이다. 그 존재는 시인이 태어나자마자 "장손의 이름을 덤으로" 준 존재, 나아가 "아들과 딸을 덤으로" 준 이다. 사람의 문제만이 아니다. "지난봄 화단에서는 새싹과/꽃 한 다발을 또 덤으로 받"았다고 시인이 말하는 것을 보면 말이다. 그러니 그 존재를 조상이라고 말할 수는 없고, 생명을 지탱해 주고 이어 가게 만들어 주는 신 또는 대지의 생명력과 같은 것이라고는 말할 수 있겠다. 그 대지의 생명력이 개별화되어 상징화된 것이 바로 동백나무인 것, 시인은 "삶의 길"을 걸으면서 마주하게 되는 "토막 난 절벽"(「동백나무 등 뒤에 가 숨다」) 앞에서 눈물을 흘리면서, 바로 그 대지의 생명력(동백나무)에 기대 삶의 슬픔을 견딘다.

3.

시인은 대지의 생명력에 대한 신뢰가 있었기에 삶을 살아가면서 마주하게 되는 슬픔을 견딜 수 있었다. 시인의 세계에 대한 신뢰는 아래의 시에서 경쾌하게 표명된다.

> 지금껏
> 한 뼘씩 키워 온 내 근심을 적시며
> 갓 태어난 것들이
> 신입생같이 재잘재잘거린다
> 내가 하품을 하며 기지개를 켤 때
> 뚝뚝 낙숫물 지는 소리
> 여기저기 주춧돌을 놓는데
> 봐라! 저 재잘대는 봄비에
> 이제는 제법 집 한 채 앉힐 만하다
> 두어 칸이면 족할 텐데도
> 내 마음 근심의 영역을 한 뼘씩 한 뼘씩 넓혀서
> 적셔도, 적셔도, 저 너른 마당
> 온 봄날을 다 적시고
> 신입생같이 잘도 재잘거린다
> 삼월을 지나 사월 봄비
> 다 그렇다.
>
> ─「내가 하품을 하며 기지개를 켤 때」 전문

세상을 적시는 사월의 봄비, 이 봄비는 시인의 마음에 자리 잡은 근심도 적신다. 그리고 새로이 생명이 탄생하기 위한 주춧돌을 놓는다. 그렇게 "재잘대는 봄비"에 의해 "집 한 채 앉힐 만"큼 새 생명의 주춧돌이 세워지면서, 시인의 마음에도 "갓 태어난 것들이" "신입생같이 잘도 재잘거"리는 것이다. 이 봄비에 의해 "온 봄날"이 흠뻑 젖고, 세계는 새 생명이 내는 경쾌한 소리로 흥겹기만 하다. 실연의 슬픔, 그 뜨거운 칠월을 거쳐 겨울을 지내고, 이제 봄을 맞이한 시인은 근심으로부터 점차 벗어나서 세계의 존재 자체에서 기쁨과 신뢰를 느낀다. 나아가 시인은 대지의 세계, 자연의 세계에 내장된 생명력뿐만 아니라 인간의 세계에 대해서도 깊은 신뢰를 가지게 되는데, 이 시집의 제3부에 실린 20편의 「민화」 연작은 그 신뢰가 없었으면 쓸 수 없었을 것이다. 외로움에 빠져 있던 시인이 인간 세계에 대한 넉넉하고 포근한 관심을 보여 주는 이 민화들은 자신을 포함한 평범한 사람들의 일상을 포착하여 그려 내고 사유한다.

「민화」 연작 시편들은 소품처럼 보이지만 삶에 대한 시인의 폭 삭은 인식이 녹아들어 있다. 「민화 15」에서 시인은 나이가 들면 들수록 "단풍이 지고 나면 다 거기서 거기"인 겨울 산처럼 인간 역시 "거기서 거기"인 존재가 된다고 말한다. "칠십 넘어 가진 놈이나 못 가진 놈이나" "모두 다 눈밭"처럼 "거기서 거기"가 된다는 것이다. 이는 허무주의적이거나 인간의 노력을 폄하하거나 하는 의미를 담은 말이 아니다. 그러한 인식은, "얼척없"게도 시인 자신과 부인이 "삼십 년 전이나 똑같이 한 뚝배기의 된장찌개에/함께 순가락을 담"(『민화 18』)가 왔다는 것에 대한 인식과 비슷하다. 부부가 똑같이 된장찌개에 함께 숟가락 담그며 살아왔다는 것은 미소가 지어지는 삶의 발견이자 삶의 진실에 대한 인식이다. 그것은 민화가 보여 주는 민중적이고 푸근한 해학 정신에 따른 인식이다. 민화는 온갖 고난을 겪으면서도 민중적인 낙관으로 흥겨움을 잃지 않으며 삶을 살아가고자 하는 사람들을 보여 주었다. 그 민중의 태도를 아래의 '태연자약'의 태도라고 말할 수 있을 것이다.

> 작약 한 그루
> 모란인 줄 알았다 그래도 태연자약
> 함박꽃이라 그래도 태연자약
> 구십을 넘긴 할아버지처럼
> 구십이 다 된 할머니처럼
> 한낮의 햇살 아래 태연자약
> 나는 아직 못 가 본 저 세계
> 참 환하다.
>
> —「민화 1」 전문

　모란이라 불리든 함박꽃이라 불리든 저 한 그루 작약은 '태연자약'하다. 이 태연자약은 구십이 다 된 할아버지 할머니가 보여 주는 태연자약과 같다. 구십이 다 된 분들은 삶과 죽음에 태연자약하다. 죽음으로부터 초연한 삶은 고난을 겪으면서도 낙관과 흥을 잃지 않을 수 있다. 이러한 태연자약이야말로 민화가 보여 주는 삶의 태도이자 미학이다. 시인은 그 세계가 "참 환하다"고 경탄하면서도, 아직 그 세계에 가지는 못했다고 말한다. 시인은 아직 저 낙관으로 환한 작약(태연자약)의 세계에 들어가진 못했다. 그러나 「민화」 연작 마지막 편인 「민화 20」에서 시인이 "외상술을 마시다 진주난봉가를 부르기에는 너무 늦은 나이"임에도 불구하고 "술을 마시고/외상술을 마시고/진주난봉가를 부르"는 '화상'이라고 자신을 지칭하는 것을 보면, 그가 「민화」 연작을 거치면서 그 태연자약의 세계에 가까이 접근하게 되었다는 것은 확실하다.

실연의 아픔을 겪고 외로이 힘겨운 삶을 견디며 살아가는 시인이 이러한 태연자약에 접근할 수 있었던 것은 이 세계에 내장된 생명력에 대한 신뢰, 그리고 민화가 보여 주는 민중적 세계의 낙관에 대한 신뢰를 가질 수 있었기 때문이리라. 민화의 세계에 들어감으로써 시인은 늦은 나이임에도 불구하고 "늦둥이를 위해 뜰에다 벽오동을 심"(「민화 20」)을 수 있었다. 벽오동으로 상징되는 늦둥이는 새로운 생명의 탄생을 의미하는 것, 그렇게 시인은 이 시집을 새 생명을 낳는 대지의 흙 속에 벽오동을 심으며 들어가는 자신의 모습으로 끝맺는다. 하여, 이 시집은 "불기운의 사막"에서 출발하여 새 생명이 탄생하는 대지의 흙 속으로 귀환하는 여정, 한 실연당한 영혼이 그렇게 자신의 생명력을 다시 긍정하기까지의 여정을 보여 준 시집이라고 말할 수 있겠다.